A Noble Revolution

고상한 혁명

황두승 시집

문학과행동

펜의 힘으로 불꽃을 …

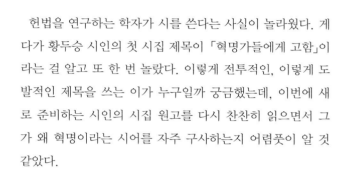

　헌법을 연구하는 학자가 시를 쓴다는 사실이 놀라웠다. 게다가 황두승 시인의 첫 시집 제목이 「혁명가들에게 고함」이라는 걸 알고 또 한 번 놀랐다. 이렇게 전투적인, 이렇게 도발적인 제목을 쓰는 이가 누구일까 궁금했는데, 이번에 새로 준비하는 시인의 시집 원고를 다시 찬찬히 읽으면서 그가 왜 혁명이라는 시어를 자주 구사하는지 어렴풋이 알 것 같았다.

　우리는 그동안 정치적인 대변혁의 의미로만 혁명을 좁게 이해해 온 게 사실이다. 하지만 황두승 시인은 혁명을 거기에 국한시키지 않고 폭넓게 해석한다. 황두승 시인은 어떤 풍경이나 사물을 표현할 때 빙빙 둘러대지 않는다. 그의 시적 발성의 특징은 직선적이며 남성적이다. 이러한 발화는 한국시의 고질적인 병폐처럼 여겨 온 심약하고 여성적인 목소리를 일거에 압도하는 힘으로 작용한다. 이 시적 방법론을 그는 혁명이라는 시어로 드러내고자 한다.

    또한 사소한 것에 대한 질문, 불현듯 깨닫게 된 삶에 대한 발견이나 성찰, 심지어 그는 생명의 하나로 살아 있음 자체도 혁명으로 파악한다. 그가 시적인 것을 사유하고 시를 쓰는 행위도 그에게는 하나의 혁명일 것이다. 그렇다고 해서 그가 과격한 혁명주의자인 것은 아니다. "생각이 굳어진다는 것은 / 푸른하늘 아래 사나워진다는 것"(「독백」)임을 알고 있기 때문이다. 시인으로서 황두승은 순간순간 상상력의 가동을 통해서 생명의 꿈틀거림을 감지하려고 한다. 그는 만물이 변화의 기미로 성장하여 그 어디에도 고정화되어 있는 것은 없다고 믿는 듯하다.

    시를 쓰는 일은 세상의 변화에 예민하게 반응하고 또 그 변화를 선도하는 일이다. 황두승 시인의 시업이 자신뿐만아니라 세계를 변화시키는 일의 윤활유가 되기를 바란다. 펜의 힘으로 불꽃을 만드는 시인이 되시기를.

안도현 시인

제3시집을 내면서

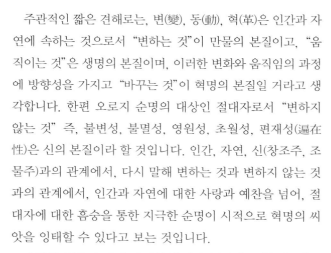

주관적인 짧은 견해로는, 변(變), 동(動), 혁(革)은 인간과 자연에 속하는 것으로서 "변하는 것"이 만물의 본질이고, "움직이는 것"은 생명의 본질이며, 이러한 변화와 움직임의 과정에 방향성을 가지고 "바꾸는 것"이 혁명의 본질일 거라고 생각합니다. 한편 오로지 순명의 대상인 절대자로서 "변하지 않는 것" 즉, 불변성, 불멸성, 영원성, 초월성, 편재성(遍在性)은 신의 본질이라 할 것입니다. 인간, 자연, 신(창조주, 조물주)과의 관계에서, 다시 말해 변하는 것과 변하지 않는 것과의 관계에서, 인간과 자연에 대한 사랑과 예찬을 넘어, 절대자에 대한 흠숭을 통한 지극한 순명이 시적으로 혁명의 씨앗을 잉태할 수 있다고 보는 것입니다.

따라서 모든 오만과 편견의 뿌리가 무지라고 할 때, 이를 타파하는 인간과 자연에 대한 사랑, 신에 대한 찬미가 제1시집 "혁명가들에게 고함", 제2시집 "나의 기도문(진화와 혁명에 대한 성찰)"에 이어, 이번 제3시집의 "고상한 혁명"에 관류되어 있을 것이라고 나름대로 추정하고 있습니다.

개인적 졸견으로, 착하게 살다가 이 세상을 떠난다는 것은
경제학적으로 가장 효율적으로 사는 것이고,
의학적으로 가장 건강하게 사는 것이고,

헌법학적으로 가장 자유롭게 사는 것이고,
미학적으로 가장 아름답게 사는 것이고,
철학적으로 가장 인간답게 사는 것이고,
윤리학적으로 가장 존엄하게 사는 것이고,
인간적으로 가장 행복하게 사는 것이고,
　종교적으로 영적 충만의 삶을 사는 것이라는 믿음을 가지고 있습니다.

　나아가 인간적인 너무나 인간적인 인간으로 숙명적으로 태어난 이 지구라는 별에서 행복을 추구하고, 겸손을 익히며, 감사의 기도를 올리는 유한한 여정에서라도, 인격도 능력도 부족하지만, 고상한 혁명에 관한 졸시들을 통하여 조금이라도 굳어진 타성에서 벗어나 혁명적 변화를 일구고, 카타르시스와 위로를 얻게 되고 안식과 평화를 향유하게 된다면, 미천한 소명일지라도 두승 시의 소명은 충족되는 것이라 여겨집니다.

　참고적으로 서정주, 네루다, 로렌스의 혁명에 관한 시들을 여기에 함께 옮겨 서문으로 갈음합니다.

2015년 10월 **황두승**

혁명 (革命)

서정주

조개 껍질의 붉고 푸른 문의는
몇 千年을 혼자서 용솟음치든
바다의 바다의 소망이리라.

가지가 찢어지게 열리는 꽃은
날이 날마닥 여기와 소근대든
바람의 바람의 소망이리라.

아 — 이 검붉은 懲役의 땅 우에
洪水와 같이 몰려오는 혁명은
오랜 하눌의 소망이리라.

Revolution

So Chong Ju (1915년 전라북도 고부군 부안면 선운리 출생)
Translated by Brother Anthony of Taize (안토니 수사 역)

The red and green pattern mottling the shell
is the sea's, the sea's hope,
that has seethed alone for thousands of years.

The flowers that unfold till the branches crack
are the wind's, wind's hope,
that comes and whispers here day after day.

Ah! The revolution now spreading like a flood
across our land with its crimson servitude
is truly heaven's own long-kept hope.

혁명들

파블루 네루다 / 황두승 역

높으신 분들이 쓰러졌다.
벌레 먹은 진흙으로 만들어진
제복으로 감싸진 채로.
이름 없는 인민들이 죽창을 어깨에 메고,
장벽을 무너뜨리고,
독재자를 그의 황금 문짝에 못을 박아 놓고는
난닝구만 걸친 채로
공장, 사무실, 탄광에 있는
조그만 회합장소로 갔다.
이러한 인민들은 중년의 사람들이었다.
도미니카의 금이빨 트루히요가 격살되었고,
니카라구아에서는 하나의 소모사(가르시아 소모사)가
총탄으로 벌집되어,
늪지에서 피를 흘리며 죽었으며,
또 다른 소모사(아나스타시오 소모사) 쥐새끼가
벌벌 떨며
먼저 죽은 쥐새끼의 자리에 나타났으나,
오래 가지는 않을 것이다.
영예와 굴욕, 맞부닥치는 바람들의 참혹한 날들이여!
어떤 고요한 비밀의 장소로부터 인민들은 색 바랜
월계관을 가져와

시인에게 씌어주며 치하하였다.
시인은 가죽 북을 울리고 돌 나팔을 불며
마을을 지나갔다.
반쯤 눈을 감고 암흑 속에서
굶주림을 성경구절처럼 터득하였던 시골 사람들은
화산을, 강물을, 인민들을, 그리고 평원을
가로질러 가는 시인을 바라보았고,
그 시인이 누구인지 알아보았다.
인민들은 자신들의 잎사귀 아래 시인을 숨겨 주었고,
시인은 칠현금을 켜면서,
산속에서 베어낸,
향기로운 나무로 만든 지팡이를 짚고,
인민들과 함께 있었으며,
시인이 알면 알수록,
시인이 노래하면 할수록,
고통은 더욱더 커져 갔다.
시인은 인간적인 가족을,
잃어버린 어머니와 아버지들을,
무수한 할아버지와 아이들을 찾아냈고,
그리하여 천 명의 형제들을 가지게 되는 것에도
익숙해졌다.

그래서 시인은 외로움으로부터는 고통 받지 않았다.
또한 시인은 칠현금을 켜면서,
끝없는 강물을 바라보는 강둑 위에서
숲 나무로 만든 자신의 지팡이를 짚고,
바위들 사이에서 다리를 쉬고 있었다.
아무것도 일어나지 않았으며,
어떠한 것도 일어날 기미조차 없었다.
- 강물은 속을 비추고 노래하면서
아마도 자신에게만 기대어
미끄러져 나아가고 있는 듯하였다.
쇠 빛깔을 띤 밀림이 시인을 에워싸고 있었다.
그 곳은 고요의 땅이었고,
가장 푸르고 순수한 행성의 중심이었으며,
시인은 칠현금을 켜면서,
둥근 돌 사이에, 물소리와 함께
그 곳에 있었으며,
자연 세계의 힘, 맥박, 적막을 제외하고는
아무 일도 일어나지 않았다.
그러나 시인은 심각한 사랑과 분노하는 영광을
운명적으로 갈구하고 있었다.
시인은 숲과 강물에서 빠져 나왔다.
시인과 함께, 검(劍)처럼 투명하게
시인의 노래가 불꽃이 튀었다.

Revolutions

Pablo Neruda / Translated by Alastair Reid

Dignitaries fell,
wrapped in their togas
of worm-eaten mud,
nameless people shouldered spears,
tumbled the walls,
nailed the tyrant to his golden door,
or in shirtsleeves, went
simply
to a small meeting
in factories, offices, mines.
These were
the
in-between
years.
Trujillo of the gold teeth fell
and in Nicaragua
one Somoza, riddled
with bullets,
bled to death in his swamp
for another Somoza-rat
to emerge like a chill

in the place of that dead rat;

but he will not last long.

Honor and dishonor, contrary winds

of those terrible days!

From some still-hidden place, they brought

a vague laurel crown to the poet

and recognized him.

He passed the villages

with his leather drum

and stone trumpet.

Country people with half-shut eyes

who had learned in the dark

and knew hunger like a sacred text

looked at the poet who had crossed

volcanoes, waters, peoples, and plains

and knew who he was.

They sheltered him

under

their foliage.

The poet

was there with his lyre

and his stick, cut in the mountains

from a fragrant tree,

and the more he suffered,

the more he knew,

the more he sang.

He had found

the human family,

his lost mothers,

his fathers,

an infinite number

of grandfathers, children,

and so he grew used to

having a thousand brothers.

So, he didn't suffer from loneliness.

Besides, with his lyre

and his forest stick

on the bank

of the infinite river

he cooled his feet

among the stones.

Nothing happened, or nothing seeded

to happen -

the water, perhaps, which slithered

on itself,

singing

from transparency.

The iron-colored jungle

surrounded him.

That was the still point,

the bluest, the pure center
of the planet,
and he was there with his lyre,
among boulders
and the sounding
water,
and nothing happened
except the wide silence,
the pulse, the power
of the natural world.
He was, however,
fated for a grave love,
an angry honor.
He came out from the woods
and the waters.
With him went, clear as a sword,
the fire of his song.

건전한 혁명

데이비드 허버트 로렌스 / 황두승 역

혁명을 하려면 재미있게 하라.
무섭게시리 심각하게 하지마라.
너무 진지하게 하지마라.
재미있게 혁명하라.

사람들을 증오하여 혁명하지는 마라.
그들의 눈에 단지 침을 뱉기 위해 혁명을 하라.

돈 때문에 혁명하지는 마라.
혁명을 해서 돈을 지옥에 떨어뜨려라.

평등을 위해서 혁명하지는 마라.
이미 우리가 너무 많은 평등을 가지고 있다는
이유로 혁명하라.
그러면 사과 수레를 뒤엎어 어느 쪽으로 사과들이
굴러가는지
보는 것도 재미있을 것이오.

근로자 계급을 위해 혁명하지 마라.
우리 모두 스스로 작은 귀족들이 될 수 있도록
혁명을 해치우고,

즐겁게 달아나는 당나귀처럼 그런 혁명을 하라.

어쨌든 세계 노동자를 위해 혁명하지 마라.
노동은 인간이 너무 흔하게 가지고 있었던 것이다.
노동을 철폐하자. 노동하는 것을 없애자.
일은 재미일 수 있고,
그러면 사람들은 일을 즐길 수 있다.
일을 즐길 때 이미 그것은 노동이 아니다.
그러한 일을 하자. 혁명을 재미있게 하자!

A Sane Revolution

David Herbert Lawrence

If you make a revolution, make it for fun,
don't make it in ghastly seriousness,
don't do it in deadly earnest,
do it for fun.

Don't do it because you hate people,
do it just to spit in their eye.

Don't do it for the money,
do it and be damned to the money.

Don't do it for equality,
do it because we've got too much equality
and it would be fun to upset the apple-cart
and see which way the apples would go a-rolling.

Don't do it for the working classes.
Do it so that we can all of us be little aristocracies
on our own
and kick our heels like jolly escaped asses.

Don't do it, anyhow, for international Labour.
Labour is the one thing a man has had too much of.
Let's abolish labour, let's have done with labouring!
Work can be fun, and men can enjoy it;
then it's not labour.
Let's have it so! Let's make a revolution for fun!

A Noble Revolution

목 차

목 차

목 차

제 2 부
수도사들에게 고함

목 차

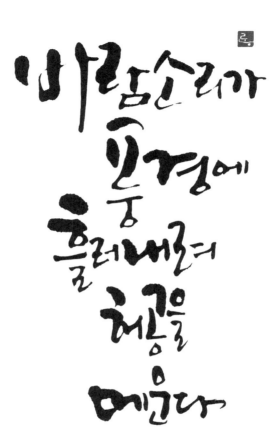

바람소리가
먼경에 둥
흘러내려
허공을
메운다

- 「평토제」 중에서 -

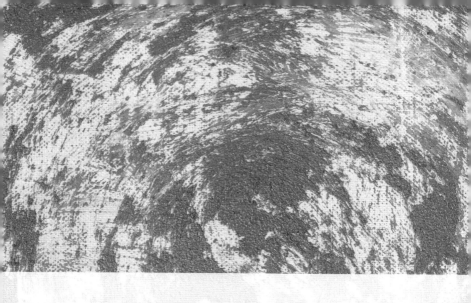

제 1 부
길, 그리고 나그네

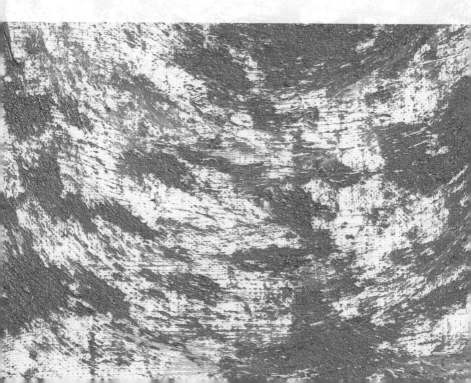

자연(自然)과 우연(偶然) 사이

눈길을 끌었던 주황의 석류꽃이
흐드러지게 피더니 모두 졌다.
더러는 열매를 맺지 못하고,
더러는 빠알간 석류를 익히고 있을 것이다.
눈길을 끌지 않았던 노오란 감꽃이 성글게 피더니
모두 졌다.
더러는 땡감으로도 떨어질 것이고,
더러는 홍시로도 떨어질 것이며,
또한 곶감으로도 남을 것이다.
그러는 사이
사랑하는 사람의 기억상실도 있었고,
그리운 사람의 발작도 있었다.
석류나무도 감나무도 모두 태양을 찬미하는
"그대로" 있는데,
갑작스레 휘몰아치는 바람은 눈물 자국을 남긴다.
그대는 구름 위에 햇빛이 "그대로" 빛나고 있다는
걸 잊지 않지만,
사랑하는 사람도, 그리운 사람도
거듭되는 소나기에 휘청거린다.
갑작스런 소나기가 반듯한 마음 바닥에
울음이 될지는 모르지만,

먹구름을 걷히게 하고, 맑은 하늘을 내미는 걸
잊었음인가!
선망이 되기도 하고, 원망이 되기도 하는
그리움과 기다림 사이
그대는 어디에 서있는 것인가!

창밖의 풍경

내 노동의 텃밭, 컴퓨터 창에서
의자를 돌려
7월 창밖의 풍경을 해석한다.
원추리 꽃의 소망은 하늘하늘 피어 오르고
샛노란 꽃잎이 파란 모시 천에 꽂힌다.
뭉게구름 한 조각으로 더위를 식히며
청송 한 그루 그 곁에 서서
그대를 지킬 수 없었던
슬픈 기억을 솔가시로 쪼개고 또 쪼개고 있다.
달빛에 숨겨져 있던 도라지 꽃의 속내를
이글거리는 7월의 태양이
하양과 보라로 가르고 있더라도
그대를 지킬 수 없었던
슬픈 노래만 솔향기로 남아 있다.

아버지의 아들

아버지의 아들은
아버지의 이름으로
세대를 달리해도 이승을 달리해도
장독대에 떠 놓은 정한수의 정성처럼
알 수 없는 해후의 기쁨으로 설레듯
이어받고 이어주는 것을……

가슴 깊게 그리움이 사무칠 때,
여명의 기다림이 아침이슬로 영글어
아버지의 정이란 구들목의 다스온 안식처럼
찰라의 틈에서도 아카시아 향기가 배어나니
천붕(天崩)의 눈물은 마르지 않습니다.

언덕너머 밭뙈기 이랑 고르시던
갈라진 손으로 잿빛 머리칼 날리며
퇴색한 이마의 고랑에 땀방울로 채우고
해질녘에 산딸기 한 웅큼 쥐어주던
아버지의 정든 가슴팍으로 날아들고파
대붕(大鵬)이 새벽의 울음을 토하고 있습니다.

아버지의 아들은
아버지의 이름으로
세대를 달리해도 이승을 달리해도
노송의 솔가지 너머 은하수의 정기(精氣)처럼,
다다를 수는 없어도 먼 발치에서 바라보는 듯
이어받고 이어주는 것을……

명동 산책

늦은 봄날, 화창한 날씨에 주눅들듯
명동을 산책을 하고 있었다.
은은한 교회당 종소리는 들리지 않았다.
길거리에 질펀하게 앉아
뽑기 파는 세 늙은 아낙네로부터
사랑과 별과 ……
기하 무늬의 추억을 샀다.
하얀 찔레꽃 향기가 코끝에 스치면서
이미 쓴맛이 나는 달콤함에
흘러가버린 세월은 사금파리처럼 박혀 있었다.
어릴 적 추억은 닳지 않는 미소의 호수이어라!

정동길을 걸으며

홍시맛 나는 동짓달에
추억을 만나는 정동길 걷는다.

　　인사동 포도나무 집에서
　　그리움에 쩔은 빈잔에
　　맛깔스런 여운이 담긴다.
　　"나의 아버지는 농부이시다"

고엽은 바람에 메스꺼움을 맡기고
영원으로 착륙하고,
정동길 걷는 그대는
비릿한 체취를 순명의 빛깔로 물들이고
회상으로 이륙한다.

시인과 여인

여인이 말했다.
남자는 사람이 아니라서
남인이라는 말이 없다고 하였다.
남자는 사람이 되기 위해 시인이 되었다.
여인이 다시 말했다.
시인으로 사람이 되어도
애를 낳을 수 없기 때문에
여인이 될 수 있는 건 아니라고 말했다.
시인은 비를 몰고 다녔고,
여인은 우산을 받쳐 주었다.
그리고
우산을 내리치는 빗소리가 굵어질수록
여인은 죽을 때도 여인으로 죽는다고 속삭였다.
여인은 비에 젖은 시인도 언제나 품에 안았다.

아름다운 안녕

무상(無常)이란
돌아감인가, 나아감인가
때론 사막의 모랫바람 속에서
때론 하얀 눈으로 뒤덮인 숲속 칼바람 속에서
때론 잡초들만 무성한 광야의 외침 속에서
그리고 테이크 아웃 커피잔에 쏟는 건조한 웃음 속에서
헤매고 헤매더라도
외면할 수 없는 너의 유일한 이데올로기?
아름다운 안녕!

혜성의 운항록

어디서 왔는지도 몰라
낯선 상그릴라 찾아
두리번거림
흐느적거림
뒤척임
꿈벅임
나그네 별의 버거운 몸짓들

어디로 가는지도 몰라
영원한 안식을 찾아
사그라지는 햇불처럼
허공을 가르는 바람의 날개짓처럼
중력의 궤도를 불사르는 여정들

알 수 없는 기록만 움켜 잡는
점성술사를
어여삐 응시하며
하얀 구름 너머에
전하지 못한 편지를 새겨 둔 채
기우뚱거리는 별똥별의 가벼움만이
마지막 기억의 흔적으로 남으리라.

가을에 봄을 만나다

덕수궁에서 샛노랗게 물든 단풍나무를
야릇하게 생각하며 거닐다가,
조그만 연못에 원앙 한 쌍을
비어 있는 긴 의자가 물끄러미 바라보고 있었다.

혼불 타오르는 듯한 동백꽃들의 열정을
로토루아 호수가에서
애틋하게 생각하며 거닐다가,
물결 따라 유유한 까만 백조들의 호젓함 너머로
비어 있는 긴 의자가 물끄러미 바라보고 있었다.

이제 유황연기 솟아 오르고
한가한 물결 너머 물안개 퍼져 오르고
산 너머 하얀 조각 구름 피어 오르며
유난스레 소쩍새 울음소리만
저녁 노을 너머로 아득하게 사위어 간다.

겨울비

그대여!(아느뇨)

지나감에 대한 저항의 눈물
기다림에 대한 정한의 눈물
잊혀짐에 대한 애수의 눈물

그리움 따라
빗물 따라
춘정(春情)을 잊는다.

그대여!!(외침)

성탄전야

별빛이 육화(內化)되는 오늘 밤
거룩한 탄생을 품은 오늘 밤
마름이 없는 설렘의 옹달샘이 되고
기다림의 뿌리가 되네.
새하얀 밤, 졸음에 겨워도
유별나게 사나운 추위를 뚫고
고달픈 이들을 어루만지듯
기쁨의 눈가루가 되어
침실 밖 매화나무 가지에
소복소복 쌓이네.

기쁜 해후를 그리며

장맛비가 내리걸랑
누구나 다 떠나게 되어 있다고 전해주오
햇볕이 쨍쨍 나거들랑
먼 훗날의 기약을 잊지 말라고 전해주오

날진 못해도 얼룩말만큼 달릴 수 있다는
타조의 독백을 들으며
검게 탄 심장의 박동소리에 맞추어
스메타나의 '나의 조국'을 들으며,
내 사랑 그대여, 안녕!

예루살렘에서 산티아고까지

텔아비브 야파 바닷가,
지중해를 바라보며 순례의 여정을 다독이네.
영원한 생명의 도정(途程),
예루살렘 십자가 길 찾아 헤매는데,
하얀 접시꽃 피었네.
사해성경 찾는 길의 척박한 사막,
고통의 광야를 이루었네.
나사렛 언덕의 수태고지 성당,
한복 입은 성모 마리아님께 경배 드리니
성령 충만 미소 짓네.
갈릴리 호숫가 산마루 팔복성당,
석양을 응시하니 산상수훈 들리네.
이스탄불 공항에서 날밤 지새우고,
마드리드를 경유하네.
메시나와 벨라스케즈에게 경탄을 마지 않네.
"죽은 예수 부축이며 울먹이는 천사"
"십자가 위의 그리스도"
부활를 향한 가슴 찡한 정화(精華)를 그리고 있네.
리스본 항구에서 옛 정취를 뒤로 하고,
파티마 성지에서 드리는 묵주기도,
인류 구원의 푸근한 기운 감싸네.
별의 들판 한가운데

순례의 세월 감당한 산티아고 대성당,
야고보 성인께서 지친 영혼 품에 안네.
땅끝 마을, 피스테라의 작은 경당 앞,
대서양의 찬 물결에 한 줄기의 눈물 떠나 보내며
"상처받은 모든 영혼에게 평화를 주소서"
온전한 치유의 순례를 기원하네.

새벽비가 웁니다

제우스의 정수리를 도끼로 내리치지 않으면
아테네 탄생이 없으리니.
그대의 고뇌가 가슴의 핏방울로 울게 하나니.
그래도 푸른 하늘 보고 평화를 외치노니.
허공의 방정식 속에 또 하나의 봄은 오고 있나니!

순례의 길 위에서

모랫바람 뚫고 마사다 유적지를 향해 흐느적거릴 때,
황량한 사막가운데에서 "하얀 나비 날아 올라"
나의 의식 깨우네.
대항해의 과거를 간직한 리스본 항구에서
미로의 골목길을 헤맬 때,
거친 파도를 너머 "하얀 나비 날아 올라"
나의 순례길을 인도하네.
지친 육신으로 오브라이도 광장에 이르러
눈꺼풀이 무거워질 때,
영광의 문을 향하여 "하얀 나비 날아 올라"
산티아고 대성당을 가리키네.
귀소(歸巢)하여 시차를 겪는 날샘으로
몽롱한 일상 덕지덕지 쌓일 때,
창 밖 화단의 상사화 꽃술 위에 "하얀 나비 날아 올라"
보송보송 영혼을 정화(淨化)하네.

상실

잃을 건 한 번에 끝나기를 바랐다.
너의 방정식은 몇 차원까지
미지수는 얼마까지인가

끊임없이 되풀이 되는 걸 몰랐다고나 할까
눈물이 우리의 해법을 읽고 있다고나 할까

매화와 국화 사이

세상의 꽃들은 매화와 국화 사이에 피나니
눈발을 보내며 피는 매화!
빵과 자유 사이의 거리를 촘촘히 향기로 메우는데,
말테의 끄적거림도
짜라투스트라의 지껄임도
시간의 밀도를 재어내지 못하더라!
세상의 꽃들은 매화와 국화 사이에 지나니
서리를 껴안고 지는 국화!
밥톨과 눈물 사이의 농도를 켜켜이 향기로 채우는데,
이퇴계와 도연명,
그 사랑의 얼이 겨울잠을 잘 때,
세월의 씨알이 하관(下棺)의 중력을 감당하고자
하얀 눈꽃이 오동나무 가지에 걸치리라!

시인의 눈길이 머무는 곳

시를 사랑한다는 건,
참혹 그 자체라도 아름답다고
시인의 눈길이 머무는 곳!

침잠된 고독으로 버무린 애수의 별빛,
생명의 신비가 안개 속에 가려있는 곳,
그리움의 실타래의 처음, 고통을 삭이기 위한 노래의 끝,
창밖을 해찰하며
알기 어렵다는 것과 알 수 없다는 것의 거리,
겨울 한 찰라에도 치열하게 거꾸로 자라나는
고드름의 투명한 피,
여름 하늘 끝에서 오물거리는
배롱나무 꽃의 열정 알갱이,
,
,
,
,
,
,
여러분이 상상하여
잇대어 나아가 보세요.

계룡산 산행

무악산 백양로에서 맺어진 인연,
반가운 얼굴들, 서른 해 전의 추억을 짊어지고
동학사 사잇길로 가파르게 설경 따라 오른다.
추위를 비웃느냥 땀방울이 계곡을 따라 눈 녹 듯하다.
소나무는 소나무대로, 대나무는 대나무대로
눈송이를 가슴에 안고 있는 뜻이 다르더라도
아련한 추억 한 가닥 부어 잡을 것이리라.
청량사지 천년 약수가 마음과 마음을 이어 흐르듯
오누이 탑에 사무치는 눈이 쌓이면
그대가 그리울 것이리라.
다섯 겹, 일곱 겹으로 전설이 쌓이듯......
삼불봉이 묵묵히 기다림으로 고뇌를 비우는 것처럼
조그만 폭포 앞에서 찍은 한 컷의 기억이
삭풍에 날리더라도
금잔디 언덕에서 나이 잊은 눈싸움을 바라보며
미소를 머금는다.
온통 눈꽃 핀 갑사 가는 길로
켜켜이 정한(情恨)의 세월을 머금은 그대여!
금쪽빛 생명을 품고 날아오르려는 용처럼
정든 새터에서 품은 청운의 꿈에 끝없이 이르기를!
종잡을 수 없이 살가운 속삭임들을 못이길 때면,
오누이 탑에 함박눈이 소복소복 쌓일 때면,
그대가 그리울 것이리라.

서리산 연분홍

연분홍을 아시나요.
한반도를 물들이고
실제상황으로 누워 있어요.
봄날은 연분홍으로 옵니다.

연분홍 아씨를 아시나요.
서리산 진달래꽃이랍니다.
아리땁다고 말하지 마세요.
경계경보도 없이
봄날은 연분홍으로 갑니다.

시정화의(詩情畵意)

화가가 서설송운(瑞雪松韻)의 자연을 그렸다.
화가가 신과 자연 사이에 운명의 붓끝으로
또 하나의 풍경인 부부의 집을 그려 넣었다.
가야금과 비파가 백년 동안 조화롭기를 빌었다.
고봉산 마루에는 바위 틈에 뿌리 내려
바위를 껴안고 살아 내는 장송(長松)이 있었다.
백마 띠의 아내와 황소 띠의 지아비가 있었다.
그는 바위 같은 아내의 품 안에서 삶이 평화로웠고,
그녀는 바위를 감싸는 뿌리처럼
지아비의 가슴팍 안에서 영혼이 따뜻하였다.
바위를 껴안고 살아 내는 장송의 숨결처럼
레퀴엠의 운율이 눈꽃 속으로 스미고 있었다.
삶과 죽음 사이에는 사랑이 있었다.

산행 친구의 죽음

산행을 함께 나누며
갑오야, 나 을미야, 손을 잡던
친구의 목소리 귓가에 생생한데.......
갑작스런 을미 상가(喪家)에서
이미 지천명을 넘은 나이에
울 수는 없고 콧물만 훔치다가......
병신이는 아직 오지 않았는데......
겨울비 맞으며
홀로 돌아오는 길에
검은 넥타이 풀어 헤치고
밤늦도록 취할 대로 취하다가
나중에 조문한 병신에게 전화하는데......
이리 가슴 아파도
예사롭게 나누는 정담은
밤안개 되어 눈가를 적시네.

태백산 시산제

정월 대보름 갓 지나
서녘 하늘에 복스런 달님,
한강의 물결 따라 스러지는 새벽녘!
산행버스에 올라 다스온 인사를 나누는 친구여!
그대의 둥그런 마음처럼
동녘 하늘을 달구는 햇님,
안개로 분칠한 얼굴처럼 정답구나.
굽이 굽이 이어지는 길 따라,
백두대간의 허리에 이른다.
푸른 하늘을 이고, 하얀 산등성이를 따라,
세상에 오르는 가슴앓이 떨쳐버리듯,
태백산에 오른다. 천제단에 오른다.
애달프고 고달픈 사연들이여, 안녕!
밝고 옳은 세상 이루라는 천명 따라
생명의 불꽃을 태우는 영혼들 위해
주목은 천년세월로,
뜨거운 눈물 알갱이 가득 담아,
다정한 하얀 눈꽃을 피운다.
그대는 한 밝음 뫼의 정기(精氣) 가득 모아
메고 온 배낭을 병풍 삼아
평생에 한 번의 소원은 이루게 한다는
시산제를 올린다.

평화로운 세상을 기약하며......
절 하옵고 절 하옵는 그대의 먹먹한 눈빛은
설산의 눈빛 따라, 청명한 햇빛에 반사되고,
곱디 고운 마음을 모두 채운 제문은
함백산 너머 선자령 풍차를 울리게 한다.
그대, 정겨운 산행의 도반(道伴)이여,
하산 길 금지된 놀이, 아랑 곳 하지 않고
눈썰매 추억 속에 몸살을 앓고 있다.
아름다운 재회를 기약하며......

무화과(無花果)

나는 본디 없다.
나는 내가 누구인지 모른다.
당신은 문둥이의 몸뚱이를 꽃으로 피운다.
당신의 뜻에 따라,
나는 있다.
나는 나이다.
나는 나로서만 있는 것은 아니다.
나는 나로서만 나인 것은 아니다.
뿌리와 함께, 가지와 함께, 널따란 잎사귀와 함께
못생긴 나의 의미가 아지랑이처럼 타오른다.
누군가를 위한 나 '로서'
뜨거운 입맞춤마저 바람으로 기억될 때,
당신의 뜻에 따라,
나는 스스로 "있는" 사랑의 절편이다.

황산(黃山)의 추억

낯선 괴암 기석의 틈바귀 마다
드러내는 생명의 빛깔,
늘 푸른 소나무, 저 홀로 절개를 세워
이슬로 그리움 삭이고, 구름을 이불 삼아
시정(詩情)을 재우면서,
절대 고독을 조각하고 있다.
지상의 손님은 베아트리체도 없이
억겁의 세월을 넘어, 눈길 가는 곳마다
찰라의 틈새마다 추억을 쌓고 있다.
뭇 나그네들이여,
암벽에 그 취한 뜻을 새겨 놓은들
무엇 하리!

후들거리는 만길 낭떠러지,
잔도(棧道)에 몸을 맡겨 놓으니
물소리 멀리 들리나 골 굽이 보이지 않고,
하늘빛 바다가 구름에 매달려 있노라.
오호라! 천해(天海)라, 서해 대협곡이라.
신묘한 봉우리의 허리마다 나들이 사람들 넘실대고,
서로 다른 차림새의 색깔들, 한 줄기 비늘이 되어
화룡(花龍)처럼 꿈틀거린다.
구름은 바람 타고,

노약자는 가마 타고, 어린애는 무등 타고,
천상의 계단에 남녀노소 오르락 내리락,
선계(仙界)의 사회주의를 이루었노라.

한바탕 소나기가 단숨에 내리 긋듯,
옥병(玉屛)에 실개천을 그려 놓고,
소름 돋는 가파름을 잊노라.
무거운 눈꺼풀 따라 꿈결에 아득하고,
가물거리듯 천도봉(天都峰)이 희미하게 바래도,
살아 있는 동안
황산에 올랐으면 그만이지,
부질없고 부질없나니
바람과 빛이 빚어 내는
그림의 뜻을 생각하여 무엇 하리!
연화봉(蓮花峰)에서 장기나 한 판 두었으면 하는
동행한 길벗의 우정만 영원하리라!

고백록

고백록을 쓰기 위해
헌법학자는 고백록에 관한 모든 고전을 읽었다.
그리고 자신의 고백록을 쓰지 않았다.

시인은 그냥 "부끄럽다"고 썼다.

평토제(平土祭)

에헤나 달궁
가을의 심장이 팔딱이며 선혈로 물들이고,
산 자들의 혼백은 미칠 듯한 숨을 몰아쉰다.
에헤나 달궁
중력은 하관(下棺)에 더 이상 미치지 않고,
육친들의 곡소리가 푸른 하늘을 가른다.
에헤나 달궁
산역꾼들은 광중(壙中)을 마련하고,
추념의 꽃잎들이 흩뿌려진다.
에헤나 달궁
상두꾼들이 연춧대로 마중 흙들을 다지고,
천연덕스럽게 새끼줄에 노잣돈들이 걸린다.
에헤나 달궁
선소리꾼 북잡이의 타령은 흙의 평등을 읊고,
무지렁이 달구질 몸짓은 구슬프게 절묘하다.
에헤나 달궁
허둥대는 낙엽들 두 뺨을 타고 날리고,
바람소리가 풍경에 흘러내려 허공을 메운다.
에헤나 달궁

첫눈이 내리던 날의 대화

새해가 시작된다는 대림절 첫주에
섣달 초하룻날에
첫눈이 내리던 날에
그는 모든 사랑을 모아 질문했다.
요즘 어떻게 지내니?
그를 닮은 아이는 모든 이성(理性)을 다하여 대답했다.
아직 살아 있어요.
그러자 그의 목소리가 하얗게 쌓이고 있었다.
살아 주어서 고맙다.
열심히 살아 주어서 고맙다.

여섬(餘島)

겨울을 보내기 위해 길을 걷는다.
주머니 속 조약돌 만지작거리며,
그대가 그리울 때면 길을 걷는다.
만대항을 등지고 당봉을 넘어 가마봉을 넘어
바닷가 솔밭 길을 걷는다.
바람소리보다 살가운 파도소리에
바다는 졸면서도 함께 길을 걷는다.
가슴팍으로 스며드는 솔내음은
저 멀리 사라지는 갯내음을 어여삐 여기고,
햇빛이 뿌려 놓은 은빛 물결은
잔잔한 물보라의 은빛 비늘을 어여삐 여기고,
들물에 둘러 쌓인 삼형제 바위는
농울을 껴안고 있는 무인도의 만남을 계시하고 있다.
섬으로 남기를 고집하는 그대와 처음 맞닥뜨릴 때,
뜻 모를 해후를 기약하는 풍토병을 앓듯,
나의 눈길은 절벽 아래로 떨군다.
사람의 발길이 닿으면 뭍으로
바다의 물길이 닿으면 섬으로
누가 그대를 섬으로 불러 주랴!
그대에게 다가갈 수도 있으나 아직 때가 아니다.
그믐날의 밀물이 가로막아
그대를 낳은 용난굴을 찾아 헤매었나니,
여섬, 그대를 바라만 보는 슬픔도 모두 지나가리라.
꾸지 백사장에 모닥불 피어놓고,
저녁놀 보내는 마음과 같아라.

자화상

나는 '나' 가 아니라고...
나는 '나' 라는......
누군가를 위해
사랑을 위해
있는 '나' 와 있어야 할 '나' 와
소통하기 어려운 변증법의 무한 대화!

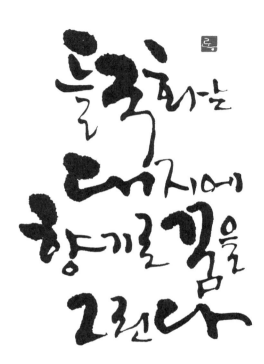

침묵하는 대지에 향기로 꿈을 그린다

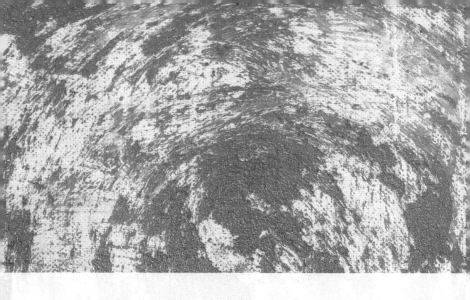

제 2 부
수도사들에게 고함

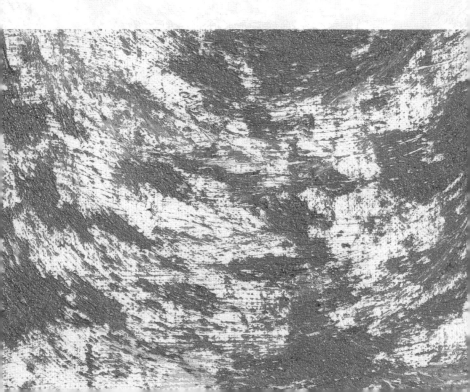

변산바람꽃은 바람에 지지 않는다

이룰 수 없는 사랑도 이루게 한다는
채석강의 전설을 시샘하듯,
거친 바닷바람이 두 손 꼭 잡은 연인들,
웅크리고 수그린 자세로 거닐게 한다.
풍설을 뚫고 동장군을 물리친 변산바람꽃,
여리고 여린 하얀 미소로,
아침 햇살을 껴안고 그들을 맞고 있다.
직소폭포 등지고 내소사에 이르는 오솔길에,
노간주 나무들 암벽에 직각으로 선 채,
그 사나운 바닷바람과 대적하고 있다.
으르렁거리는 파도소리를 타고
거목의 청송도 쓰러뜨리는 질풍에도
변산 바람꽃은 지지 않는다.
낮고 낮은 자태로,
일월 더불어 품은 뜻을 저버릴 수 없는 까닭이리라!
기다림을 순명으로 핼쓱한 모습으로
붉은 석양 따라 사그라질 뿐이리라!
그리움이 별빛 될 때까지, 둥그런 꽃술을 내민 채,
온 몸으로 꿀 향기를 뿜으며 진다.
나그네의 눈길이 조막만한 네 얼굴에 머물 때,
고상한 혁명을 꿈꾸며 진다.
변산바람꽃은 바람에 지지 않는다.
내 어찌 너를 사랑하지 않으리!

빛깔 고운 교향곡을 아시나요

낙엽 흙을 뚫고 새싹이 돋는 소리 들은 적 있나요
나뭇 가지에 새눈이 움트는 소리 들은 적 있나요
무슨 꽃이던 꽃 피는 소리 들은 적 있나요
어떤 꽃이던 꽃 지는 소리 들은 적 있나요
싹을 틔우는 소리 엊그제 들은 것 같은데,
영봉(靈峰) 산행 중에도
꽃을 피우지도 못하고
이름 모를 어린 꽃들이 지고 있습니다.
지는 작은 꽃잎에 이슬 닿는 소리 들은 적 있나요
가슴 속의 핏방울로 우는 그 눈물 떨어지는 소리
들은 적 있나요
지상의 모든 불협화음으로 '봄의 제전' 이루는
진혼곡을 아시나요
부활의 계절에 울리는
빛깔 고운 혁명교향곡입니다.

함소아꽃 향기에
혁명의 깃발이 나부낀다

은둔의 갑옷으로 이루어진 함소아 꽃봉오리여!
겨우내 달구었던 순교의 피는
초록 촛불로 심지가 타고
혁명의 공기를 품고 있다.
하얀 꽃잎 떨굴 때마다
생명의 불빛은 시간의 중력에 수장되는데,
그 영령은 네 향기를 타고 하늘로 오르는데,
화가는 텅 빈 캔버스를 응시하며
봄비 내리는 창가에 앉아
기록되지 않은 혁명을 그리고 있다.
붓자루를 손에서 떨굴 때마다
몸뚱이를 태우는 뜨거운 눈물 흘러내리는데,
감당할 수 없는 하얀 향기의 요새에 깃발이 나부낀다.
혁명의 산소를 피어 내는 함소아 꽃이여!

가을이 또 옵니다

고치 속의 번데기가 나비 되어 자유를 얻은 혁명,
씨앗 속의 역사(歷史)가 껍데기를 썩히고
생명을 얻은 혁명,
푸른 하늘을 가둔 암벽(暗壁)을 깨고
아프락사스가 해방을 얻은 혁명,
눈물겹고 애달팠던 수많은 삶의 흔적들을
추스르고 추스르다
가을이 또 옵니다.
하나의 뜻, 하나의 얼을 깨우치려
거듭나고 거듭나 겸허한 사랑을 깨우치려
서늘한 바람이 숨 쉴 틈도 없이
갑작스레 새벽을 깨우는 혁명,
독수리가 무디어진 부리를 가는 고통으로
추스르고 추스르다
가을이 또 옵니다.

수도사들에게 고(告)함

그대는 믿습니다.
하느님을 사랑하고 이웃을 사랑하고자
그대는 수행(修行)에 나섭니다.
사랑이 주시는 겸손을 맞고자
그대는 고행(苦行)을 달게 행합니다.
사랑이 주시는 평화를 얻고자
그대는 침묵으로 말합니다.
사랑이 주시는 기쁨을 널리 알리고자
그대는 사랑의 뜻으로 순명합니다.
사랑이 주시는 믿음으로 행복하고자
그대는 기도합니다.
사랑이 주시는 부활과 영원한 생명을 소망하고자

사랑은 악을 막을 수 있고 막기를 원한다는데,
지극한 고뇌의 본보기로 보여주신
사랑이신 성자의 죽음과 부활로도
우리 더불어 사는 세상에
악이 그치지 않고 있는데,
그대의 신앙이
그대의 수행이
그대의 고행이
그대의 침묵이

그대의 순명이
그대의 기도가
헤아릴 수 없는 뭇 혁명가들의 눈물을
닦아 줄 수 있나요
그대의 시야에서 멀리 있는 것처럼
다른 이들의 아픔과 슬픔과 분노를
어찌 외면할 수 있나요
어찌 잊을 수 있나요
정법(正法)의 역사는
그대가 그냥 꿈꾸어 보는 것이나요
온갖 오만과 편견으로 조롱하는 악에 대하여
수행의 침묵을 벗어나 외침을,
고행의 중립이 아니라 양심의 선언을,
고통 받는 이들이 절규의 눈물로 말하고 있지 않나요

어둠이 별빛을 가릴 수는 없다는 걸,
달빛은 햇빛에 비하면 아무것도 아니라는 걸,
지극한 순명이란 곧 우리의 어깨를 서로 거는 것이라는 걸,
사랑으로 너무나 잘 터득한 수도사여!
그대의 푸른 양들과 함께
믿음의 지팡이를 딛고 일어설 수는 없나요

신선봉에서

그 누군가 불로초 찾아 헤맸다던 까마득한 옛날 언덕,
그 터를 보살피던 영주산,
그 동녘, 샘골 너머 아득한 영은산 마주 했네.
갖가지 보물을 간직하고 있다는
산 둘레 품 안에 우뚝한 신선봉,
봄이련 듯 긴가민가하는 때, 오르려는 뜻을
성긴 나뭇가지 사이 작지 않은 깔끄막들도,
큰 신통력을 가졌다는 신선들도 막지 못하더니
산마루에서 막연한 그리움 달래고 있었네.
한반도의 배꼽 아래 있다는 단전(丹田)에서
뿜어 나오는 정기(精氣)를 들이쉬며
산악인의 선서도, 시산제의 제문도
겹겹의 산자락에 울려 퍼지고 있었네.
우리 농부들의 써레질 하던 고통이
바위로 변했다는 서래봉을 바라보며
겨우살이와 마른 칡넝쿨이 기세를 부리는 금선대를 지나
내장사로 내려가는 기슭에,
사서(史書)를 등짐메고 밤길을 걸었던
장정들의 땀방울들이 금선계곡을 따라
말그스름하게 용솟음치기도 하고 잠기듯 흐르는데,
먹 감고픈 맘 누르고, 부끄러 달아오르는 얼굴 씻었네.
암록빛 둠벙에 하얀 떼까오도 없었고,

성인(聖人)이 세상에 나면 나타난다는 기린도 없었으며,
예쁜 사슴 한 마리도 거닐지 않았지만,
왠지 모를 시큰한 마음 감출 수 없어
아름답지 않은 것들 마저 사랑하는 취선(醉仙)이라도 되고파
웃음 가득한 산행친구들의 여정(旅情)이 깃들어진
거룩한 술잔들이 거듭 비워지고 있었네.

씨앗

본디 씨앗은 슬프지 않다.
대지의 자궁에서도
바다의 품안에서도
푸른 하늘로 피어오르는 아지랑이처럼
수난과 죽음과 부활의 역사를 기억하고 있기에.

지금 여기 슬픔이 움트는 팽목항에서
노란 리본의 씨앗을 뿌리노라!

광화문 광장에서 곡기를 끊는 기도로
숨쉬는 것조차 미안하다는
애 끊는 눈물마저 마르고 있는데,
그 모퉁이에서는 양심을 태운 잿가루로
한반도에 없는 사막을 일구고 있나니.

함께 슬퍼할 줄 모른다면,
그리고 울지 않는다면,
눈물은 무엇을 위한 것인가
자네는 언제 울겠다는 것인가

목숨은 노란색인가 봐

봄비에 젖은 산수유의 샛노란 꽃눈물!
잘려나간 이팝나무의 굵다란 가지에서
송화 가루에 눈 비비며 펑펑 쏟아 내는 눈물!
그리움과 기다림의 쌍곡선,
맞닿을 수는 없어도,
눈물이 나래되면 날아 가리
소실점 너머 씨앗좌표의 품속으로.
삼베 수의도, 만장에도 노란색이거든
노란 묵주로 목숨의 세월 추념하면서…

눈물

강추위가 허파 속으로 냉큼 자리 잡는 대한(大寒) 날에,
백호의 갈기를 쓰다듬으며 겨울잠을 자는 것도 좋지만,
눈 속을 비집고 얼음판을 녹이고 살며시 드러내는
생명의 소리 듣고 있나요.
생명은 눈물입니다.
눈물이란
산다는 것 이상으로,
살아 간다는 것 그 이상으로,
살아 낸다는 것,
시간을 담아내는 사랑의 원소이지요.
눈물이란 아직 살아 있다는 그 생명의 주소랍니다.
눈물을 닦아 주려는 벙어리의 열정, 그 수난,
그것은 눈물보다 더 지극한 향기 그 자체이지요.
눈물의 향기는 화학적으로도 분석할 수 없는
신비 그 자체랍니다.
눈물은 다듬어질 수 없는 우주의 정령이고,
길들여질 수도 없는 혁명의 태극이기 때문이지요!

고상한 혁명

시리도록 푸른 하늘에
슬프도록 진한 단풍은
10월의 혁명을 새겨 넣노라!
그렇다고, 로렌스처럼 '제대로 된 혁명'을
유희로 하지 마라!

또 다른 계절의 끝을 향한 여정에서
고독의 심연에는
허우적 거림이 없어서 좋다!
산호초의 생명으로 가라앉거나
고상한 혁명을 떠올릴 수 있기에!

순명의 돛대 따라
그리움을 삿대 삼아
저 초승달이 먹구름을 미끄러내듯
나비의 날개짓에 태풍의 물결로 유영하듯
아예 해신에게 뱃길을 맡겨라!

뱃길 넘어, 땅끝 넘어, 은하수 길 넘어
또 다른 땅끝을 향한 나그네 길이라도
언제나 새벽의 기다림을 삭히고 삭히는
황야의 별빛은 건전한 혁명이어라!
정녕, 고상한 혁명이어라!

청계천을 바라보며

청계천에서 오늘을 해독하는 이는 역사가이어라
이 곳에서 구경거리를 찾는 이는 일상의 노동자이리라
청계천에서 산책을 즐기는 이는 철인(哲人)이어라
여기에서 진실을 캐어 내는 이는 혁명가이리라

무성영화의 잔상처럼
내 가슴에 함박눈이 내린다.

보이지 않는 데생

조그만 숲 속의 정원처럼
모두 비단 같은 풍경인데,
덩치 큰 느티나무가
사나운 비바람에 허우적거리고 있다.
보이지 않는 함성이 허공을 가른다.

기교가 철학을 이길 수 없다네.
재주가 큰 덕을 이길 수 없다네.
곡예사들이여,
분노로 세상을 채우지 마라
슬픔으로 세상을 담지 마라

허무의 무리들아,
허세의 무기들을 버려라
철학자처럼 생각하고, 농부처럼 일하라
혁명의 눈물로
거듭난 역사의 씨앗을 적셔라

광화문 네거리에서

오늘도 걷는 함성의 광화문 네거리에
그대의 눈물이 안개 되어 내리고
두 동상의 눈빛이 여명에 머문다.
빛이 되어라
빛이 되어라
그대의 숨결은 바람이어라.
빛이 되어라
빛이 되어라
동 트는
새 아침의 햇살이 되어라
그대의 미소는 혁명 이상이어라.

테미스의 가리개

칼은 늘어뜨려져 있고
저울은 허공만 재고 있고
가리개만 우스꽝스럽다.

바람이
너의 입술을
퍽 퍽 퍽 때릴지라도

너는 언제나
침묵으로
소근거린다.

바람소리에
너의 미소만 가린다.

만월 구락부

한강에 황토물이 넘실대던
지난 장마 때도 까맣게 잊고
빌딩 숲을 헤매이던 종로의 보름달이
가을바람 타고 내 가슴 속에 비춘다.
브람스의 선율 따라
어느 후덕한 주모의 머릿결 타고
순풍에 돛 단 듯 흐르던 달빛이
인사동 외진 주막에
저만의 너그러움을 새겨 놓노라

이지러질 수밖에 없는 만월이 슬픈 거냐
삼청 숲길에도,
북촌 골목에도,
채울 수 없을 만큼 물든 단풍 너머에서
머무는 발길마다 속내를 밝히던 저 달빛이
아예 술잔 속에 덩그러니 드러눕는다.
보름달 뜨는 날에 한 잔을 기울이는 추억이리라
사그라질 수밖에 없는 열정을 탓할 쏘냐
광화문 광장에서 승리의 찬가를 흥얼거린다.

매듭과 마디

빛깔의 매듭이 손 찾는 글자이듯이
바람소리의 마디가 손짓 말이듯이

이 새벽의 묵상을
아침 햇살에 실어 보내드리고파

어느새 기도는 삭풍으로 산화될 뿐!

메어지듯 저미는 침묵은
눈물로 엮어진
발효된 기억의 매듭이어라
귓전에 울리는 그대의 고뇌는
쌓이는 그리움의 새로운 마디이어라

파견된 자의 꿈

묻지 마라
"우리는 어디에서 왔으며,
우리는 무엇이며,
우리는 어디로 가는가" 라고

찾으라
오늘의 숨결도 의미가 있다면
별똥별이 온 열정을 태우며
지상으로 처절한 탈출을 꿈꾸는 것을

펼쳐라
꿈의 나래를
견고하게 단련된 권태를 넘어
고상한 혁명을 위하여

확인하라
파견된 자의 사명을
기쁜 소식의 씨앗을 뿌리는 수도사의 행복을
영원으로 화려한 외출을 위하여

엽록체의 사랑

찬란한 고독의 봄날에
너무나도 갸날픈 싹을 틔운
저토록 여린 잎사귀의 꿈이 무엇이겠느냐
곧은 푸름이 짙어질수록
햇살을 두루두루 온 누리에 나누고자 말고,
그 무슨 뜻이 있겠느뇨!
뜻을 이루려는 자,
항상 엽록체의 사랑을 꿈꿀지어다.
어느 누구도 기대하지 못했던
볼 품 없는 꽃을 피울지라도
어떠한 초라한 열매를 맺을지라도
모두 엽록체의 사랑일지어다.
고루고루 햇살을 나누지 않는 한
그 꽃이 지 혼자 아무리 화려한들,
그 열매가 지 혼자 아무리 달콤한들,
당신의 뜻에 맞지 않는 한
서글플 한 순간의 메스꺼움 따름이어이다.

두승산에서

지상의 신앙들을 굽어보며
솔바람이 자유의 의미를 읽노라
푸른 하늘 아래 땅값은 본디 없었노라
혁명의 원기가 저 평원에 씨앗을 뿌린다.
업자들이여 대지의 뜻을 아는가
풍요는 나누기 위함이라는 것을!
나뭇잎 사이를 한가히 노니는
산비들기들도 통통한데,
백호만 주린 듯 포효한다.

기도하라, 그리고 노동하라
(ora et labora)

살풀이 하듯
죽음의 보따리를 허리춤에 둘러 메고
해질녘에는 고뇌의 울음 소리 토해 내더니
밤과 낮의 협곡 같은 변곡점에서는
살아 보겠다는 숨소리 내지르듯
이따금씩 되풀이하면서
어둠과 적막을 사르는 쓰르라미의 아우성!
새벽이 그냥 오는 것이 아니었다.
이제 매가리 없는 목청으로
메아리 없는 허공에 사그라지더라도
새벽녘 사람들의 바쁜 발걸음 소리가
네 숨소리를 덮을지라도
몸부림으로 전하려는 쓰르라미의 외침들!
이윽고 머뭇거리던 아침햇살이 내비칠 때
살랑살랑 하얀 배추나비 한 마리,
처서의 실바람에 몸을 맡기듯,
그 외침들을 살가운 침묵의 날개짓으로
은자(隱者)의 꿈을 전하는 말씀!
기도하라, 그리고 노동하라!

침묵과 소음 사이

움직이는 모든 것은 소리가 있다.
움직이지 않는 모든 것은 향기가 있다.

세상의 모든 춤과 음악은 침묵과 소음 사이에 있나니
기러기가 하늘에 춤사위로 뜻을 새길 때
들국화는 대지에 향기로 꿈을 그린다.

세상의 모든 호흡은 침묵과 소음 사이를 넘나드나니
그대의 뜻도 소리를 타야 하고
그대의 꿈도 향기에 실려야 하지만
향기도 소리도 바람이어라!
순명의 기도는 고상한 혁명의 씨앗이어라!

기러기의 꿈

함박눈이 내리자마자 녹는 뜻은
겨울비가 우두커니 대지를 적시는 뜻은
새 봄에 대한 그리움이 가열차다라는 것인데……
길을 잃은 기러기라는 유로지비가 있을 쏘냐!
푸른 하늘을 날다 지쳐 날개 짓을 접을 때
그 곳이 내가 머무는 대지의 품 안일진대!
하늬바람 따라 석류 빛 해넘이를 품고 날으나
땅거미 지는 벌판 위에서 모이를 찾거나
매 한가지 일진대!
새 봄에는 어느 하늘을 날고 있을지 누가 아나!

캠

산들 바람은 정선 아리랑을 읊어 대네요.
갱 속에서 탄을 캐던 영혼들은
외진 산골짜기에 함박꽃으로 피고
강가 돌무더기 사이 소시랑개비로 피네요.
구상나무에 얼키설키 매달린 혁명의 껍질에
비원(悲願)의 세월을 얼싸 안고 있네요.
정암사(淨岩寺) 보리수 아래 탄가루 씻어내며
수마노탑 올려 보고 미소를 머금네요.
무심코 지나쳐 들었던 물소리의 울음은
영원으로의 여행을 속삭이고 있네요.
광원(鑛員)의 탄차(炭車)는 영원 속에 머물고
우리가 탄 열차는 묻힌 역사를 캐며
영원으로의 예행 여행을 외치네요.
밤을 지새우는 나그네들,
탄가루를 뒤집어쓴 광부처럼
노곤한 육신을 산비탈에 누이고
곰자리 바라보며 별밭에서 꿈을 캐네요.
어둠을 캐내면서 세 평의 땅도 자랑 말라고
양원역(兩元驛)은 하얗게 서 있네요.

몸뚱이

네가 있어야
하늘을 우러러 '님'을 사랑할 수 있고
흙으로 돌아갈 사람들을 사랑할 수 있고

네가 있어야
혁명도 '생각'할 수 있고
'詩'도 만날 수 있고

네가 있어야
기도할 수 있고
용서할 수 있고......

한라산에 올라

정축년에 백두산에 올라
배달민족의 생명수를 품은 천지를 둘러 봤네.
혁명의 두 갑자를 거친 갑오년,
늦은 봄날, 한라산에 올라
대한강토의 진정한 짝을 찾았네.

반만년 역사를 수호해 온
혁명가들의 기상을 외경하듯,
천년주목도 납작하게 엎드려 맞고 있는데,
커다란 바위 아래, 이름 모를 야생화여!
어느 엷은 분홍빛 영령을 담아 피어 오르나

저 멀리 태평양을 굽어 보며
충무공의 백의종군을 헤아려 보노라.
흰 사슴 정답게 노닐었다던 무릉도원,
어느새 백록담에 눈물 고였네.

고행의 수도사들이여, 은둔의 혁명가들이여
그대들의 맑은 영혼,
작열하는 태양에 벌겋게 그슬릴수록
푸른 하늘에 더욱 반짝이는데,
세상에 부러울 게 뭐가 있겠소!
세상에 두려울 게 뭐가 있겠소!

A Noble Revolution

황두승의 '고상한 혁명' 읽기

이규배 시인

1

제1시집 「혁명가들에게 고함」(2005), 제2시집 「나의 기도문 - 진화와 혁명에 대한 성찰」(2010)에 이어서, 제3시집 「고상한 혁명」의 발간을 앞두고 있는 황두승(본명 : 황치연) 시인은 헌법학자이다. 시인은 전북 정읍 고부에서 출생하여 전주고등학교를 졸업하고(1980), 이어서 연세대학교를 졸업한(1985) 헌법학 박사로서 헌법재판소 헌법연구관을 역임하였다. 그리고 그는 독일의 Bonn대학교와 미국 New York 대학교 헌법학 초빙연구원을 역임하였다. 이러한 이력을 염두에 둘 때, 황두승 시인은 한국어권에서 성장하며 한국의 서정시를 익힌 '서정적 인간'이라 하겠으나, 논리적·분석적·합리적인 문화권의 학문을 익혀 이를 생활화한 '서사적 인간'이라고도 하겠다. 대한민국의 근대 헌법과 법학의 수립이 독일의 근대 헌법과 법학에 영향을 받았고, 한국에서 법학을 전공하고, 다시 독일과 미국에서까지 헌법과 법학을 공부한 헌법학 박사이며, 헌법재판소 헌법연구관을 역임하였으니 확실히 그는 논리적이고 분석적이며 합리적 학자로서의 '서사적 인간'이다. 이런 이력은 황두승 시인과 그의 시세계를 이해하는 데 있어서 하나의 선입견이지만, 이것은 이해를 가로막는 것이라기보다 이해를 돕기 위한 해석학적 선입견이다.

먼저 황두승 시인이 말하는 '고상한 혁명'의 의미에 대한 개

괄적 이해가 요청된다. 그는 "일탈이 아니라 정통을 추구하기 위하여 코페르니쿠스적 전환을 꿈꾸는 자, 그대가 혁명가이니라. 현대의 일상 속의 소시민으로서 생활하면서 구수한 된장냄새 나는 인간적인 정취를 가득 담고, 아릿한 서정과 맑은 영혼을 가꾸려는 혁명가들에게 나의 시가 그들의 눈물을 대신 닦아주는 활력소가 되었으면 하는 아주 소박한 바람이다."(제1시집 서문)라고 말했다. 그리고 그는 같은 글에서 "혁명이란 언어는 왠지 불안과 공포감을 준다. 프랑스 대혁명이나 러시아 볼셰비키 혁명 등 정치적 혁명을 연상하기 때문이다. 나는 헌법학자로서 혁명권을 부인하는 입장을 취하고 있다."라며, "혁명은 '권리'로서가 아니라 역사적·사회적·정치적 '현상'으로서 파악해야 한다는 입장이다."라고 했다. 이를 통해서 그가 말하는 혁명은 농업혁명, 산업혁명, 디지털 혁명 등과 같은 의미의 것임(또는 이를 포괄하는 그 이상의 것일 수도 있음)을 알 수 있다.

다음으로 요청되는 것은 「고상한 혁명」의 서문에서, "주관적인 짧은 견해로는, 변(變), 동(動), 혁(革)은 인간과 자연에 속하는 것으로서 '변하는 것'이 만물의 본질이고, '움직이는 것'은 생명의 본질이며, 이러한 변화와 움직임의 과정에 방향성을 가지고 '바꾸는 것'이 혁명의 본질일 거라고 생각합니다. 한편 오로지 순명의 대상인 절대자로서 '변하지 않는 것', 즉 불변성, 불멸성, 영원성, 초월성, 편재성(遍在性)은 신의 본질일 거라고 생각합니다."라고 밝힌 견해에 대한 이해이다. '불변성, 불멸성, 초월성, 편재성(인간을 비롯한 물물마다 보편적으로 존재하는 속성)'은 신의 존재를 믿지 않는 무신론자일지라도 인정하지 않을 수 없는 삶과 문학예술의 근원일 수밖에 없다. 이들은 삶을 지탱하는 원천

적 힘이며, 삶의 방향성을 제공하는 의식의 선구적 지표이다. 그리고 이들은 마땅히 서정의 근원이자 지표일 것이며, 이 가운데 우리는 변(變), 동(動), 혁(革)으로 현존하게 되며, 서사로서의 역사를 구성하게 된다. 부조리문학의 이념 역시 그 궁극적 지향점은 '불멸, 초월, 불변'에 대한 물음을 통하여, 역사의 변동 단계의 제 실상에 어긋나는 허구를 깨트리며, 인간적 근원으로서의 삶을 복원하는 데 있는 것이 아닐까? 황 시인이 이 시집 서문의 갈음으로서 혁명 시인 파블로 네루다의「혁명들(Revolutions)」, 데이비드 허버트 로렌스의 다소 유희적인「건전한 혁명(A Sane Revolution)」, 그리고 친일과 독재 지지로 논란이 심각한 서정주의「혁명」등 세 편을 제시한 의도 역시 이와 같은 각도로 이해하기로 해 본다.(물론 이는 '오해'일 수도 있다. 다만 이를 단초로 삼아 이어지는 비평가들의 순환적 대화의 과정을 통해서 이해가 심화될 것을 기대한다).

2

나는 과거에 이런 글을 쓴 적이 있다. 서정성을 근원으로 하지 않은 서사이거나 서사성이 응축되지 않은 서정은 둘 다 거짓이다. 서정은 거짓 없는 인간 성정이 세계와 만나 발현되는 가장 인간다운 생명의 숨결이며, 서사는 인간다운 생명의 숨결을 가로막는 세계와 만나 대립, 갈등하는 인생의 스토리 구조라고 생각했기 때문에, 이런 글을 쓴 것이다. 재도론(載道論), 천기론(天機論), 동심론(童心論), 천진론(天眞論), 성령론(性靈論) 등의 한국 시문학사의 서정시 이론들을 새삼 주목하고, 이에 근거해 근자의 현대시들을 해석해 보려고 하는 것은, 시를 위하여 제 성정을 날조

하거나, 시의 서사적 응축을 위하여 제 성정의 숨결로서의 시적 운율과 구성을 지나치게 파괴하고 있는 현재의 대체적 시 경향들이 썩 마땅하지 않다고 생각하고 있기 때문이다.

우리 시문학의 본령은 성정 수양에 있었다. 명경지수의 본마음이 세상의 티끌에 덮여 인간세계와 천지자연, 그리고 인간의 아름다움이 서로 통하지 않게 되었으니, 붉게 녹이 슨 청동거울을 닦아내듯이 스스로의 허물을 갈고 닦아내는 것의 반복적 수양이 강조되었을 것이다. 이런 행위의 본질은 세상에 대한 분노나 원망에 앞서서 제 자신의 부끄러움을 돌아보는 데서 시작된다. 이 부끄러움 속에서 세상의 복잡다단한 부조리들이 인간 생명의 숨결과 만나 드러나게 되고, 그에 따라 스스로 반성하게 되고, 자신을 바꾸며, 나아가 세상도 바꾸어야겠다는 '변혁적 서정의 숨결'에 도달하게 된다고 믿었던 것이 아닐까? 그러므로 시문학은 문사의 교양이자 과거 시험의 과목이며, 외교의 주요 수단이었으리라.

고백록을 쓰기 위해
헌법학자는 고백록에 관한 모든 고전을 읽었다.
그리고 자신의 고백록을 쓰지 않았다.

시인은 그냥 "부끄럽다"고 썼다. – 「고백록」 전문

헌법학자 황치연(시인 황두승)은 독일어와 영어, 그리고 라틴어 및 한문 고전에 능통하다. 그는 모국어뿐만 아니라, 능숙한 외국어 실력으로 된 여러 고백록을 읽었다고 한다. 인문(人文)을 인간

삶의 무늬(文)들이 현현하는 복잡다단한 현상들에서 인간 성정의 진실과 본질을 탐구하고 해석하는 학문이라고 한다면, 인간 삶의 강제적 규범의 원천으로서의(반대로 그 안에서 가장 자유로운 삶의 보장하는 규범으로서의) 헌법은, 인간 성정의 심연에 대한 이해 없이 수립되거나, 해석되거나, 나아가 적용될 수 없는 것이다. 그러므로 헌법학자로서의 '나'는 법학사나 법철학에 대한 이성적 이해뿐만이 아니라 성정의 진실에 근거한 삶과 양심의 고백록을 공부함으로써 인간에 대한 이해를 심화시켜야 한다.

　그러나 문자에 대한 이해는 문자의 행동으로 이어져야 한다. 서사적 인간으로서 이성적인 '나'는 모든 고전을 읽었으나 자신의 고백록을 쓰지 않았다. 그런데 서정적 인간으로서의 시인인 '나'는 자신의 고백록에 그냥 "부끄럽다"고 썼다. 헌법학자로서의 황치연과 서정시인으로서의 황두승의 괴리로서 「고백록」이 읽힌다기보다, 1연 2행에서 3행으로 분절되는 행간에서 나는 헌법학자이자 시인으로서 그가 경험했을 개인사와 1948년 대한민국 정부 수립 이후 현재에 이르기까지의 역사와 법학사 속에서, 고백록을 쓰지 못한 그의 현실적 고뇌와 불안을 읽게 된다. 그리고 거기서 비롯되는 아픔과 양심은, 단 1행으로 완결되는 2연에서 그냥 "부끄럽다"는 시인의 고백에 함축되어 있다는 생각이다. 이는 두 가지 역할의 자아가 하나의 시적 자아로서 통합되는 진실의 발로에서 비롯된 시적 언표이리라.

　이러한 탐구와 성찰은 「자화상」에서 "나는 '나'가 아니라고… / 나는 '나'라는 / 누군가를 위해 / 사랑을 위해 / 있는 '나'와 있어야 할 '나'와 / 소통하기 어려운 변증법의 무한 대화!"로 나타나기도 한다. 이를 통해 시인의 감성은 맑아지고, 이렇듯 투명해진 마음에 미소가 꽃내음으로 나부끼는 '함소아꽃(含笑花)' 향기의 깃발이 현현하고, 시인은 이를 문자의 행동으로 그려 낸다.

> 은둔의 갑옷으로 이루어진 함소아 꽃봉오리여!
> 겨우내 달구었던 순교의 피는
> 초록 촛불로 심지가 타고
> 혁명의 공기를 품고 있다.
> 하얀 꽃잎 떨굴 때마다
> 생명의 불빛은 시간의 중력에 수장되는데,
> 그 영령은 네 향기를 타고 하늘로 오르는데,
> 화가는 텅 빈 캔버스를 응시하며
> 봄비 내리는 창가에 앉아
> 기록되지 않은 혁명을 그리고 있다.
> 붓자루를 손에서 떨굴 때마다
> 몸뚱이를 태우는 뜨거운 눈물 흘러내리는데,
> 감당할 수 없는 하얀 향기의 요새에 깃발이 나부낀다.
> 혁명의 산소를 피어 내는 함소아 꽃이여!

– 「함소아꽃 향기에 혁명의 깃발이 나부낀다」 전문

나는 위의 시를 읽으며, 헌법학자이자 시인인 황두승 형의 마음의 일단을 짐작할 수 있었다. 그것은 나의 치우진 이해일 수 있지만, 내가 짐작한 황두승 형의 마음은 아마도 이런 것이 아니었을까 한다. 헌법학자로서, 그리고 헌법재판소 연구관으로서, 법으로 인한 부당함과 억울함을 헌법의 투명한 해석과 적용을 통해 풀어주는 마음, 바로 그 마음의 향기가 "혁명의 산소를 피어

내는 함소아꽃"이 아닐까? 헌법학자 황치연은 "헌법학자로서 혁명권을 부인하는 입장"을 취하지만, 어느새 "붓자루를 손에서 떨굴 때마다 / 몸뚱이를 태우는 뜨거운 눈물 흘러내리는데, / 감당할 수 없는 하얀 향기의 요새에 깃발이 나부낀다."와 같은 시인의 시작 태도로 전환되지 않았을까 하는 짐작이다. 이 시집의 표제 시 「고상한 혁명」은 바로 이와 같은 전환의 대표적 표상으로 해석된다.

시리도록 푸른 하늘에
슬프도록 진한 단풍은
10월의 혁명을 새겨 넣노라!
그렇다고, 로렌스처럼 '제대로 된 혁명'을
유희로 하지 마라!

또 다른 계절의 끝을 향한 여정에서
고독의 심연에는
허우적거림이 없어서 좋다!
산호초의 생명으로 가라앉거나
고상한 혁명을 떠올릴 수 있기에!

순명의 돛대 따라
그리움을 삿대 삼아
저 초승달이 먹구름을 미끄러내듯
나비의 날개짓에 태풍의 물결로 유영하듯
아예 해신에게 뱃길을 맡겨라!

뱃길 넘어, 땅끝 넘어, 은하수 길 넘어
또 다른 땅끝을 향한 나그네 길이라도
언제나 새벽의 기다림을 삭히고 삭히는
황야의 별빛은 건전한 혁명이어라!
정녕, 고상한 혁명이어라!

– 「고상한 혁명」 전문

3

황두승 시인의 제1시집 「혁명가들에게 고함」은 "지적인 분위기
와 서정의식의 만남"(김천우, 제1시집 축사), 제2시집 「나의 기
도문–진화와 혁명에 대한 성찰」은 "눈물겨운 혁명적 감성, 자아
성찰의 삼엄한 규율"(이수화, 제2시집 해설)로 평가 받았다. 나
는 제3시집 「고상한 혁명」에 대하여서는 "죽음의 의미와 삶의 단
속(斷續, 끊어지며 이어짐)에 관한 성찰과 혁명의식"이라는 평가
를 덧붙이고 싶다.

"흘러가버린 세월은 사금파리처럼 박혀 있었다. / 어릴 적 추
억은 닳지 않는 미소의 호수이어라!"(「명동산책」 부분), "아버
지의 아들은 / 아버지의 이름으로 / 세대를 달리해도 이승을 달
리해도 / 노송의 솔가지 너머 은하수의 정기(精氣)처럼, / 다다
를 수는 없어도 먼 발치에서 바라보는 듯 / 이어받고 이어주는
것을…"(「아버지의 아들」 부분), "무상(無常)이란 / 돌아감인
가, 나아감인가 / 때론 사막의 모랫바람 속에서 / 때론 하얀 눈
으로 뒤덮인 숲속 칼바람 속에서 / 때론 잡초들만 무성한 광야
의 외침 속에서"(「아름다운 안녕」 부분) 들과 같이, 죽음과 소

멸, 그리고 삶의 단속에 관한 성찰은 이번 시집에서 자주 발견되는 이미지들이다.

> **눈길을 끌었던 주황의 석류꽃이**
> **흐드러지게 피더니 모두 졌다.**
> **더러는 열매를 맺지 못하고,**
> **더러는 빠알간 석류를 익히고 있을 것이다.**
> **눈길을 끌지 않았던 노오란 감꽃이 성글게 피더니 모두 졌다.**
> **더러는 땡감으로도 떨어질 것이고,**
> **더러는 홍시로도 떨어질 것이며,**
> **또한 곶감으로도 남을 것이다.**
> **그러는 사이**
> **사랑하는 사람의 기억상실도 있었고,**
> **그리운 사람의 발작도 있었다.**
> **석류나무도 감나무도 모두 태양을 찬미하는**
> **"그대로" 있는데,**
> **갑작스레 휘몰아치는 바람은 눈물 자국을 남긴다.**
>
> – 「자연과 우연 사이」 전반부

 감꽃은 봄에 폈다 지고, 석류꽃은 여름에 폈다가 지는데, 위의 시는 석류나무의 개화와 낙화, 열매 맺음, 낙과와 결실에서 시작하여 감나무의 그것들로 이어지는 식으로 시상이 전개되고, 이로부터 "사랑하는 사람의 기억상실"과 "그리운 사람의 발작"의 시상으로 전환되었다가, 다시 석류나무와 감나무의 "그대로"와 "갑작스레 휘몰아치는 바람"이 남긴 "눈물자국"의 대비로 시의 전반부가 종합된다.

> 그대는 구름 위에 햇빛이 "그대로" 빛나고
> 있다는 걸 잊지 않지만,
> 사랑하는 사람도, 그리운 사람도 거듭되는
> 소나기에 휘청거린다.
> 갑작스런 소나기가 반듯한 마음 바닥에
> 울음이 될지는 모르지만,
> 먹구름을 걷히게 하고, 맑은 하늘을 내미는 걸 잊었음인가!
> 선망이 되기도 하고, 원망이 되기도 하는
> 그리움과 기다림 사이 그대는 어디에 서있는 것인가!
>
> ㅡ 「자연과 우연 사이」 후반부

그리고 후반부에 와서는, 시적 자아 '나'를 객관화한 '그대'의 합리적 이성과 그에 반하는 감성적 의식과 불안, 그리고 방황에 대하여 묻는 식으로 이 시의 시상은 종결된다. '주황의 석류꽃', '빠알간 석류', '노오란 감꽃', '땡감', '홍시', '곶감'의 시어들은 생성, 소멸, 결실과 성취의 순환 과정에 있다. 그러므로 자연은 일회성에 그치지 않고 반복적으로 순환되며, 그것은 원리로서 불멸한다. 그러나 '그대(또는 나)'의 인생은 일회적이다. "사랑하는 사람의 기억상실"과 "그리운 사람의 발작"은 소멸로 끝나고 마는 것이지, 인생의 순환 속에서 회복될 수 있는 것이 아니다. 그것은 과거의 시간에 "있었을"뿐인 것이다. 따라서 그것은 "눈물자국"으로 남는다. 부활과 영생에 관한 종교적 믿음에도 불구하고, 우리가 경험하는 인생은 일회적이고, 죽음 앞에서의 삶은 순간적이다. 비록 "먹구름을 걷히게 하고, 맑은 하늘을 내미는 걸 잊었음인가!"라고 물음을 던져 스스로 위안코자 하나, 결국은 "그리움과 기다림 사이 그대는 어디에 서 있는 것인가!"라는 불안 의식으로 시상이 종결되고 마는 것이다.

아버지의 아들은
아버지의 이름으로
세대를 달리해도 이승을 달리해도
장독대에 떠 놓은 정한수의 정성처럼
알 수 없는 해후의 기쁨으로 설레듯
이어받고 이어주는 것을……

가슴 깊게 그리움이 사무칠 때,
여명의 기다림이 아침이슬로 영글어
아버지의 정이란 구들목의 다스온 안식처럼
찰나의 틈에서도 아카시아 향기가 배어나니
천붕(天崩)의 눈물은 마르지 않습니다.

언덕너머 밭뙈기 이랑 고르시던
갈라진 손으로 잿빛 머리칼 날리며
퇴색한 이마의 고랑에 땀방울로 채우고
해질녘에 산딸기 한 웅큼 쥐어주던
아버지의 정든 가슴팍으로 날아들고파
대붕(大鵬)이 새벽의 울음을 토하고 있습니다.

– 「아버지와 아들」 부분

이와 같은 상실로 인한 불안과 허무는 삶의 세대적 단속(斷續)에 관한 믿음으로 극복된다. 아버지의 삶과 사랑이 소멸된 것이 아니라, '나'의 삶속에 이어져 살아 있다는 믿음은 "아버지의 정든 가슴팍으로 날아들고파" 새벽의 울음을 토하는 "대붕"으로 전환된다. 그렇다면 이와 같은 성찰이 제3시집에서 시인이 전달하고자 하는 '고상한 혁명의 서정 의식'과 어떤 연관성이 있을까?

시인이 의식하든 의식하지 못하든, "레퀴엠의 운율이 눈꽃 속으로 스미고 있었다. / 삶과 죽음 사이에는 사랑이 있었다."(「시정화의(詩情畵意)」 부분)라고 말하거나, "나는 본디 없다. / 나는 내가 누구인지 모른다. / 당신은 문둥이의 몸뚱이를 꽃으로 피운다. / 당신의 뜻에 따라, / 나는 있다. / 나는 나이다."(무화과(無花果) 부분)라고 말할 때, 그는 어느 사이

오늘도 걷는 함성의 광화문 네거리에
그대의 눈물이 안개 되어 내리고
두 동상의 눈빛이 여명에 머문다.
빛이 되어라
빛이 되어라
그대의 숨결은 바람이어라.
빛이 되어라
빛이 되어라
동 트는
새 아침의 햇살이 되어라

그대의 미소는 혁명 이상이어라.

– 「광화문 네거리에서」 전문

과 같이 '혁명 이상의 미소'를 노래하고 있다. 결국 죽음의 의미와 삶의 단속에 관한 성찰의식이 인간 본연의 '미소'라는 인류 역사의 불멸의 가치와 만나게 될 때, 시인의 '고상한 혁명'의 미학은 죽음이 아닌 삶의 미학으로서 현현된다. 그것은 간명하지만 율동감 넘치는 정제된 구성 미학으로서 다음과 같이 매우 서정적으로 실현된다.

> **새해가 시작된다는 대림절 첫주에**
> **섣달 초하룻날에**
> **첫눈이 내리던 날에**
> **그는 모든 사랑을 모아 질문했다.**
> **요즘 어떻게 지내니?**
> **그를 닮은 아이는 모든 이성(理性)을 다하여 대답했다.**
> **아직 살아 있어요.**
> **그러자 그의 목소리가 하얗게 쌓이고 있었다.**
> **살아 주어서 고맙다.**
> **열심히 살아 주어서 고맙다.**

– 「첫눈이 내리던 날의 대화」 전문

첫눈이 내리는 대림절(예수 탄신일을 맞이하기 전 4주간의 기간)의 첫 주에 눈이 내리고, 사랑 가득한 질문에 답하는 "아직 살아 있어요"라는 자신을 닮은 아이의 말, 그러자 그의 목소리는 눈과 함께 하얗게 쌓인다. "살아 주어서 고맙다. / 열심히 살아 주어서 고맙다."라고. 이는 서정 미학의 천기(天機)이자, 천진(天眞)으로서 주목하지 않을 수 없는데, 이 같은 시경(詩境)은 「정동길을 걸으며」, 「서리산 연분홍」 등 수편의 시들을 통해 접하게 된다.

4

황두승 시인이 헌법재판소 헌법연구관을 역임하였다는 이력으로 인하여, 시인으로서의 황두승과 시로서의 황두승 시에 거리감을 가질 수도 있을 것이다. 더욱이 「고상한 혁명」이라는 시집 제목의 강렬함이 거리감을 벌릴 수도 있을 것이다. 반대로 '혁명'이라는 주제의식과 감성의 투명함, 구성의 정제됨, 고유의 율동감, 남성적이면서도 섬세한 언어 사용 등의 시풍 사이에서 괴리감을 느낄 수도 있을 것이다. 그러나 사람은 만나서 대화를 해보아야 하고, 시간을 두고 서로를 주고받을 때 이해가 증진된다. 내가 만난 황두승 형은 술도 잘하고, 격의 없이 말을 나누며, 문학과 시인 앞에 한없이 스스로를 낮추는(그러나 시인으로서의 자존의식과 시에 대한 치열성은 세속과 등을 돌려 외롭고 높으니, 함부로 대하시지 말라), 시인이시다. 나는 선배와 동료, 그리고 후배 문인들이 황두승 형과 동도(同道)로서 두텁게 교우했으면 하는 바람을 간절히 품는다. 우리 문학사에 매우 부족한 것이 한편 문학과 법의 관계에 대한 탐구의식이 아닌가 한다. 이 관계에 대한 깊이 있는 대화가 있기를 바란다. 또는 학자로서 황두승 선생을 모시고 강연을 청하여 경청하여 배우고, 시와 문학과 미학, 인간 성정과 이를 해치는 사회악들에 대해 평소 지닌 생각들을 주고받는 자리를 갖기 바란다. 시인은 창작의 순간 서정적 인간이지만, 삶은 서사적일 수밖에 없고, '삶의 서사적 고민'의 경험적 축적을 서정화 하는 존재이기 때문이다. 다만 이해를 돕고자 붙인 발문이 오해로 빗나가지 않았나 하는 우려를 금할 수 없다는 변해(辯解) 속에서, 황두승 형의 다음 시를 함께 읽는 것으로 글을 마치고자 한다.

> 고치 속의 번데기가 나비 되어 자유를 얻은 혁명,
> 씨앗 속의 역사(歷史)가 껍데기를 썩히고 생명을 얻은 혁명,
> 푸른 하늘을 가둔 암벽(暗壁)을 깨고 아프락사스가
> 해방을 얻은 혁명,
> 눈물겹고 애달팠던 수많은 삶의 흔적들을
> 추스르고 추스르다
> 가을이 또 옵니다.
> 하나의 뜻, 하나의 얼을 깨우치려
> 거듭나고 거듭나 겸허한 사랑을 깨우치려
> 서늘한 바람이 숨 쉴 틈도 없이 갑작스레
> 새벽을 깨우는 혁명,
> 독수리가 무디어진 부리를 가는 고통으로
> 추스르고 추스르다
> 가을이 또 옵니다.
>
> –「가을이 또 옵니다」전문

A Noble Revolution

Poet

황두승 시인

전북 정읍 고부 출생
전주고등학교 졸업
연세대학교 졸업
헌법학 박사
헌법재판소 헌법연구관,
독일 Bonn 대학교 Humboldt Fellow,
미국 New York 대학교 Global Fellow 역임

문학세계 신인문학상 수상 등단(2005년)
제1시집 혁명가들에게 고함(2005년)
제2시집 나의 기도문 – 진화와 혁명에 대한 성찰(2010년)
제3시집 고상한 혁명(2015년)
제4시집 시선집 혁명시학(2015년)

고상한 혁명

혁명

황두승 제3시집

인쇄 1판 1쇄 2015년 11월 25일
발행 1판 1쇄 2015년 11월 27일

지 은 이   황두승
펴 낸 이   이규배
펴 낸 곳   문학과 행동
등   록   제 2015-000059호 (2015. 08. 03)
주   소   서울시 강서구 까치산로22길 29-7
전   화   02-2647-6336
이 메 일   kyubae-lee@hanmail.net

값 10,000원
ISSN 978-89-956780-0-6(03810)

A Noble Revolution

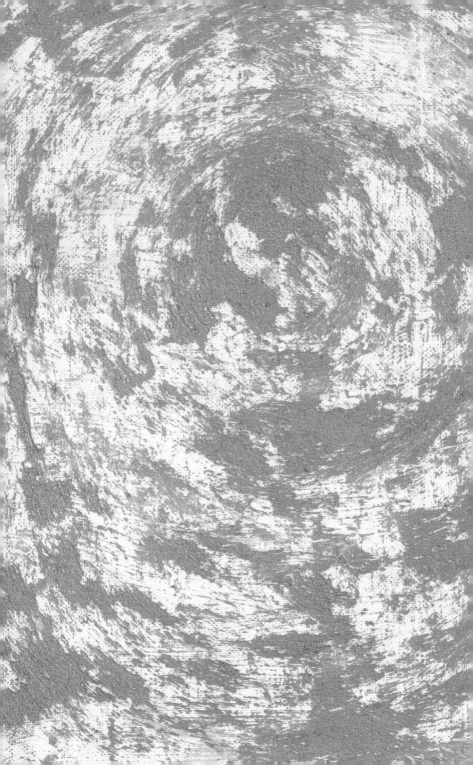